松尾真由美

花章——ディヴェルティメント

思潮社

花章——ディヴェルティメント

蕾、円環の線にそって

触れればくずれる
そんなあえかな稜線を
束ねることの希望にからまり
すこしの凝集
柔らかに
まるまって
迂回路はしろい器の上
気づかずに乗せられる
それらがあえてみどりの拮抗へと向かうのなら

この衝動は門の手前で許されているのだから
しばしの昏睡を遊んでみる蕾である
狭められた鏡のかがやき
日向のように暑いところで
寄りそいあう襞たちの
泉の余地に感応し
空白があること
悦びとなる

密集における内と外の

花頭が
束ねられる
その主題は移ろうものの
渦をひとときめるように
至福の形に没していて
罪とか咎とかあるいは無残を
あわい色にて収めている
うしろに森を携えつつ
希望は見えないところにあって
なおもつややかなみどりの海

たゆたうことの迷路に溺れ
置かれたことの行方にまみれ
ひさしく月日が経っていく
予感はただ予感のままに
ささやきの多層性であるのだから
探索する藻と藻が開かれて
集合する花びらたち
瞳のごとく
さらに

このような
窓のひろがり
あざやかな熟視をねがい
きっと誰かが見つめている
血の色の鋭敏さと空想の両眼と
正午に浮きあがる書物のページの
なまなましい胸の痛み
香っていてあえいでいて
剝がされた花びらは
なお希求の
欠けらとなる

灰の光沢、花弁の先

灰の
寝床の
かたさと光沢
もしくは皮膚の感触を
うすくうすく重ねていって
置かれることで
いくつかの扉がひらき
どことなく風の抑揚にからまりつつ
ひとつの頸
あらゆる花びら
宙に浮いて自由になって

水にながれる夢を見る
誤差と
追放
円周は歪みをはらみ
そのままに成っていく言葉の列が痛々しい
けれども地も水もおなじ虚実であるのだから
なまなましく忘却へ向かう腕の先の雲
あそこがきっと新しく
違う意味が
ひそんでいる

いつのまにか
開いている
その襞と襞の揺らぎ
あざやかになっていって
血の色も火の色も吸引される脈となり
ひとつの物語がおそらくかたられ
真昼の丘
雛が体液で

固まりつづける
定置されたものの
怖れげもない快楽を
ますますむさぼろうとし
振り返らないこと
すでに後景は
透明である

たたずみのある形

天をみつめる
一輪の花の息吹
触れようとしても触れられない
遠さのきわやかな枠があり
分身など求めない
清廉な明るみが
すでに終止の形として定まった位置であるなら救われる
香ってくるものの優しさと激しさとを感じたくて
たどたどしい黙読やふさわしい漂泊やら
きっと贈り物
白色の朝において

あそこにいるのは
あなたの影
私の声を
うつしだし
どこか妖しい微粒子が
零度のかたちで彩色される
冒瀆など無造作に行われる日常だから
睦みあうこともまた迷妄の瓦礫となって
こなごなに砕かれる
いや砕かれることこそを

求めている小石である
つめたい熱が充満し
脱衣と脱色
どちらも火柱
儚いものが鷹揚に肥大して
致死量はとうに過ぎ
巧みな鬱血だけを見せ
そのように
流浪の裸身が
吊るされる

花開くときの領域

掌をひろげていき
淫らにやさしく
となりあう襞と襞
少しだけ華やかに影の線がうるおって
硬質なものと柔和なもの
そして忘れ去られたもの
まぼろしのごとく重なるところで
ひたすら開口する受容する花びらの形だから
静謐なひかりを発し
希いのない
祈りをはなつ

集まりさやめく夢の先の

宙へと広がる
ほそい葉の先端へ
脈打つ希望のようなもの
かさなりあえば時空を超えて
花頭だけの晴れやかな扉のおもむき
障壁は障壁ではなく
疑いは疑いではなく
棘は棘ではないという
肌色の薔薇の昂揚があり

脱落のないところで
空を見上げ
天を仰ぎ
透きとおる器の磁場を離れずにいて
つよい夢なのだろう
求心から遠心への
果てない
転位
永遠があったとして

異和から花が脱するとき

埋もれそうで
埋もれない
花の塊あるいは種の巣
覆いかぶさる茫洋とした布の圧から
反響だろうか
抗いか
よりあざやかになっていく
豊穣の証しのごとく
脈動が佇立する
秘めやかに隠されていたものの
花びらの渇きのなかでの柔らかな襞のうごめきを

感じてしまったなら留まることはできなくて
きっともっと離れていく
紅のほのかと
あおみどり
通じあうふりはもう
やめたほうがいいのでしょう
浮きあがって浮きあがって
萎れていても花の自由
貝の硬さの足跡だけ
残してあてなく
放たれる

穢れなさを感じることの

瞳のような
襞のやすらぎ
惹きこまれていく
春の輝度の穢れなさ
とてもやわらかに触れてみても壊れてしまうかもしれなくて
こんな情愛のなつかしい香りに寄りそいつつ
はじまりはいつも吐息のふるえにまみれ
しずかに距離を縮める正午の花びら
あたたかい糧の反照だから
ただそっと
視線をからめる

光の輪のようなものの再生

集められ
寄りそって
花びらと花びらの
おごそかな停止のとき
およそ頓着しない呼気があり
襞の重なりのやわらかなところ
あれは不思議とやすらいでいたね

朽ちて離ればなれになったとて
声やこころの反映やら
邪気のないまま
残されて
喪失も
また
滋養をかたどる

あわい色彩の塊にて

あざやかな息づきの
置かれたままの言葉たちの
花びらの高揚の
ゆるやかな斜面において
またしても惹かれていく視野の祠
疑いは裏返され
ただ留保の時間があって
踵と踝が撚りあわされるところ
蔓ではなく蔓のように
からまることの耐えがたい苦痛を笑い
その微笑は雪の結晶であるのだから

あたたかくなれば
すぐに消える
奪うこともなく
奪われることもなく
反応だけに感応し
無益な時空を遊んでみて
なにかが並列なのだ
こぼれる小さなみどりの葉
願いのごとく
地について

触れることと咲くことと

正面を見てはいない
向こう側の明るさをほんの少しほしがって
闇のなかのしろい夢にまぎれもなく沈潜する
静謐な佇まいを装いつつ願いつつ
蘂の患部と花芯の脚部の
不均衡な揺らぎがあり
変転があったとて
どこかに希望を隠す
風のない日

そうしてきらめく花の永遠

いままでより
もっと遠くに感じている
乾いた花の音色の束に
白と赤のあまやかな花弁の複層
悲劇のようにこもっていて
残骸にならずにいることで問いが問いをよぶ永続性の身体となり
訴えてもいない叫んでもいない喘いでもいない応えもなく
ただ眺めさせるだけの火のほのめき
波の布のしめやかな光沢にのり
主題は濁らず
なおもきらめく

いっときの泡立ちから
張りめぐらされる
茎と茎
絡まりあい
惹きつけあう
そんな結合に充たされて広がるものに
いくつかの花が咲き
全景はやがて遠景へと
遠ざかってしまう図像ゆえ
刹那の機微
愛おしく思える

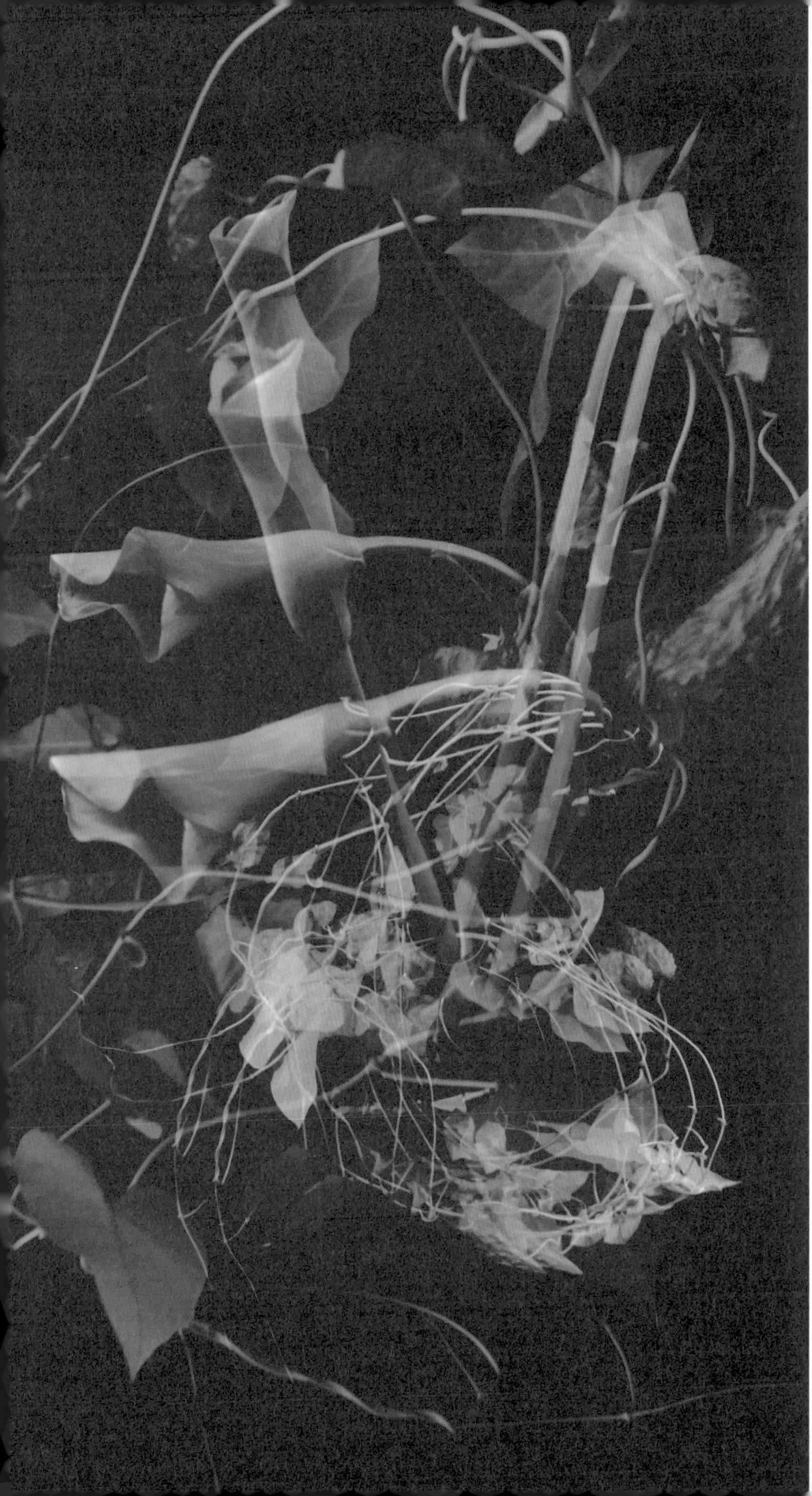

とりとめもなく
めぐっていく
その旋律の小さな花片
きらめきは装われたものではなく
しろい穂の懊悩のあとのように
痕跡だけが残される
不穏の部位は
後景の闇として
あったことも
なかったことも

柵を越えれば季節は替わり
ゆるやかな土台にいて
遠ざかる葉と
近まる茎と
これらの体積
計ることもできず
ゆるゆると身をしずめ
こうした着地も悦ばしい
枯れる手前の
藁だから

流される
なだらかな気流の向こう
鳥のように蝶のように青い空を求めていても
熟れないまま水平に行くだけの花弁の喘ぎ
硬度も軟度もおなじ質に還元されて
どこを浮遊しているのだろう
決められないことを決められてしまい
やすらぎを払われるなやましい頸部の赤
けれど波のきらめきを感じるから
晴れやかな船出かもしれない
再びの発火がある

濃霧の中の微かな花

ざわざわと
声が聞こえて
行間が埋まっていく
そのあたり
悲鳴のところに
白い花が咲いていて
何かをもとめ
何かをあきらめ
漂泊の息苦しさを
正午のように呷っている

熱は分配されていき
根と茎　火と灰
つぶれた球根
言葉が躍る
またはさすらう
結果のでない指の後から
あれは出血
ゆらゆらと
水に漂う

渇いたもののひとつの形

名づけたものが捩れていって
ひとつの形の弛緩と収縮
遊びのごとく
皺を増やし
にぎりしめる
穏やかな諦念の
抗いのあるところ
あれは光かがやく午後の日差し
信じることの一途のよろこびに充たされ

書記における長い時間をとても短く感じていて
潤って泳いでいた
もしくは箱舟に安らいで
地表をはなれ
そして落ち
どうしても渇いてしまう
こなごなになるまで
背の葉は羽のよう
耐える

おそらく
なにも
求めていない
開いているだけの比喩があり
住み家をさがす視線を受けいれ
親密にささやくものが
奔流するでなく
癒着するでなく
めぐっていけば

それでいい
輪郭線があらわになって
こちらと
そちら
かさねる
応答
注視の橤が
扉となる

逃れられない影の基軸

なぜかしら
おおきく覆う
とてもうすい影にまみれて
古いことが古くならずに脈の遡行があらたな構図をつくりだす
尺度も感度もふたしかな転記へのなまぬるい風だから
透けることの危うさをただせない帰還があり
うつすだけで交わらない窓としてしか
機能できない無力な灰のその色の
ひずみをおぼろに逃れていき
解き放たれるささやかな青の祈り
浮きあがっていければいい

漂うことを
はじめる中空
内側から剝がされる踏査の襞から
出発した舟への共振
求めながら喘いでいる
おそらくはやすらぎを追うための葉の変色とねじれ
どこに宛てる当てなどない身体の星の位置を
抱えこんで
翻弄され

ことごとく
壁は火を吹きけして
芯部の艶と輝きが痛点となる
抗うことでなお痛く
流されるしかないのだろう
向こう側には
果ての光
そのような
希望があって

思えば
春の
夜から朝
あわく拙い線にそい
さやさやとさやめく声に身を浸すときがある
半透明な鏡面のほとんど希望のようなもの
気づかずにつらなって
ひろい庭での錯誤
道が細くなっていく
ごまかしと過ち
重複し
膨らんで
これではまるで

違う世界の酸素がめぐり息苦しい
置き換えられた生体の帰るところのない木霊から
冬の木のあてどなく曝された樹皮の危惧が聞こえてきて
入り混じる根や茎やいくたの谷間や迎合など
いまだ曖昧な容器に入っている
ぐずぐずと腐爛して
いずれは割れる
歳月だから
耳と目
やわらかな花の襞へと
埋もれて
ぬくもって

並びあって
ささやきあって
体温が触れるあたり
声がちがえば
見つめるものの角度もちがい
ゆるやかな峡谷が
川となって
漂う場
ひとつのふくらみ
ひとつの開花を
隔てることはできなくて

だから非難も称賛も
飲みこむしかない花びらへと
とっくに凌辱された今日
うららかに誘われて
ほそい糸を
紡ぐよう
未開の
地を想定し
夢をつくって
夢をみる

白の濃霧が発するもの

なぜかひろがる言葉の綾の
ふたしかな鋭角から
受けとめるいくたの情実
あってもなくてもいい
清廉でも邪悪でも
夢みがちでいたい宵の
その中心のあでやかなところ
淡く白く雪のごとく
蝶の襞
羽ばたく

遠く近く揺らめくもの

灯火の
やわらかな襞の奥より
ささやきかける声の拙さより
誘いかける気配の中点を探っていくこともある
その見えない涙の雫と
触れえない明日
希求の赤はどこまでも深く
自律の芯が蠢いて

円くあやうい装いを

あまりにも近くあって
織りこまれた多数の綾の
装いの白の雲から主旋律は聞こえない
あのこともこのこともなまなましくからみあい
空言をふくらませ風船の円みの果て
花頸はまばらに向きを変えていて
弾けたものをしばりつつ
自由に息のできるほう
確信の花弁をひらく

変形にあらがう花の

束ねられて
集積したもの
いくども編み直されていく
その血の色のなやましい混沌を
ほんとうはやさしく包むつもりだった
すがすがしい朝露に濡れたってよかったのに
どこかゆがんだ灰の圧から
陽のみえない夜がつづき
時が止まっているようなのだ
腐敗するまで
進ませない

そんな不穏を
微分して
逃げ出すことを考える
赤い蕾と赤の開花
変形を強要されても
たぶんゆるやかな檻だから
沈むか浮くか
そんなところで
すこしだけ
熱い火となる

あやうい
足許
清らかさを求めていても
いびつな場面に出会っている
聖なる不具のあからさまな透明度は
とおい欠損を反射するだけの境い目の傷
いや傷ではなく回路の茎
いつも間違っている

嗚咽にもならない
雛が死ぬこと
けれど色彩は定められ
みどりはみどり
紅は紅
このように
近しいものよ

重なることで遠ざかるもの

あまりにも
かさなることで
定まらない視線の向こう
費やされた夜の時間に

多くの影が屹立せず
横たわるよう喘ぐよう白くなって
ひとかたまりの小さな花片の
とおい密度を象るのだ
触れていて触れていない
そんな同意があっただろうか
反照につぐ反照の
身勝手な鏡を用いて
放任と囲繞
入り混じって
応じている
なにかを感じる不具の偏在
不案内な
茎の伸びへと
なお曝される球根の
いびつな変形
その疲弊

もしかすると
起き上がる必要などないのかもしれない
たわみはたわみのまま
茎はあおく
多数の根の意
渦をほどき
沼の白
輝きを放っている
ひかるものに寄りそう小花の
許された位置に招かれ
そうしてすべてがすすんでいく
ゆるやかな迷宮の春の旬
親和の森を讃えていて
平静であるならなお
雑音など
忘れてしまえる

消えかかるもの、ふくらむもの

いつのまにか
割れている
いくどもいくども割れていって
それでも白い光沢は居心地が良いのだから
横たわり身をよせる花と葉と球根との
あまやかな襞の重複
中心が逸れれば
ゆるく風景は広まって
月がやけにまばゆくなり
季節も室温もさだまらない日々
夜の方が息ができる

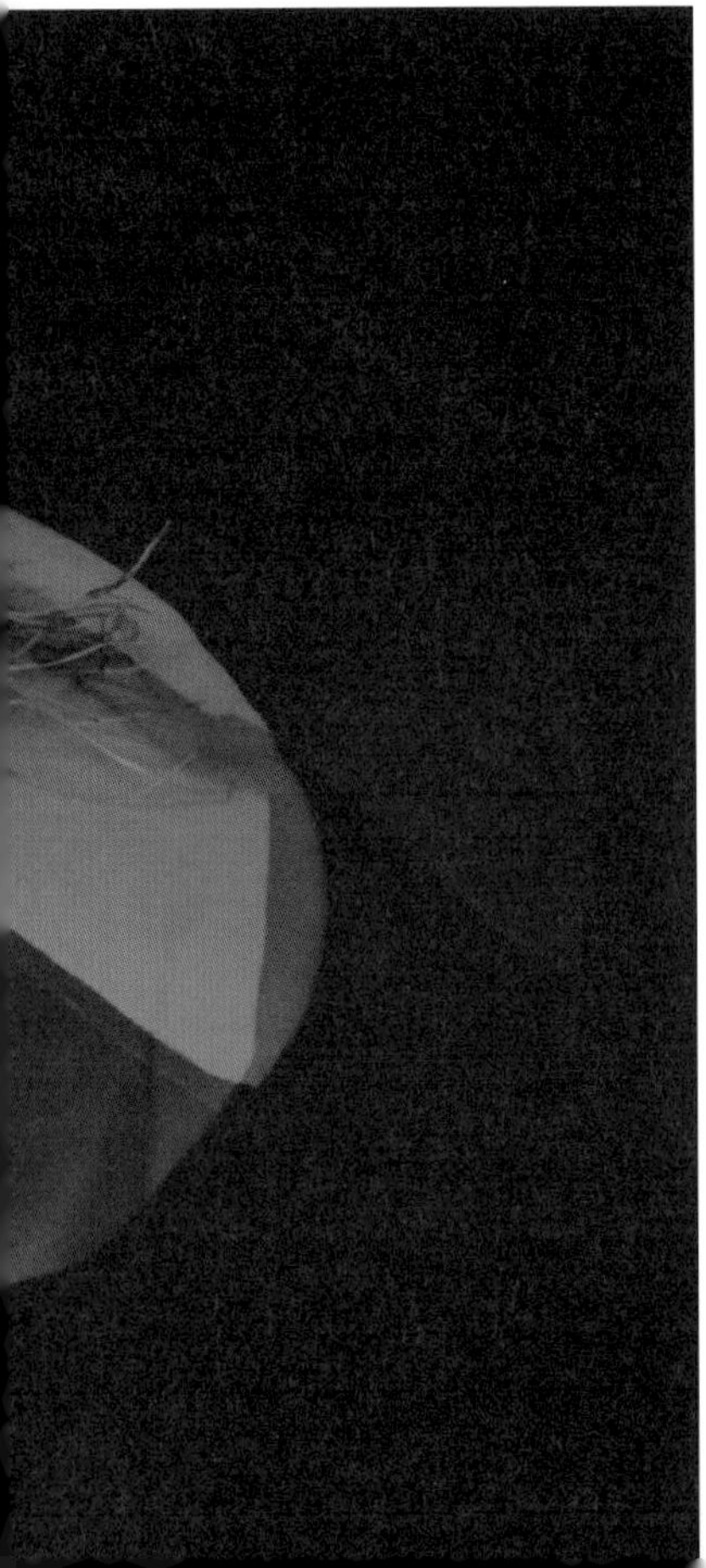

理由だとか事情だとか
ながながと聞かされても
崩壊を延ばすだけの
したたかな鎧の継ぎ目
見えるところから
試されている
そのような
佳日の柵には
消えかかる花片の先
忘れることを善しとして

花頭が発する白から

揺れ
ぶれて
かすれる波音
以前と以後が混じりあい
途切れつづける主旋律から
定まらない方位のまま
低まっていく花頭がむなしい
待つことのあてどない疲労において
澄んだものが濁っていき
きよらかな水が沼へと

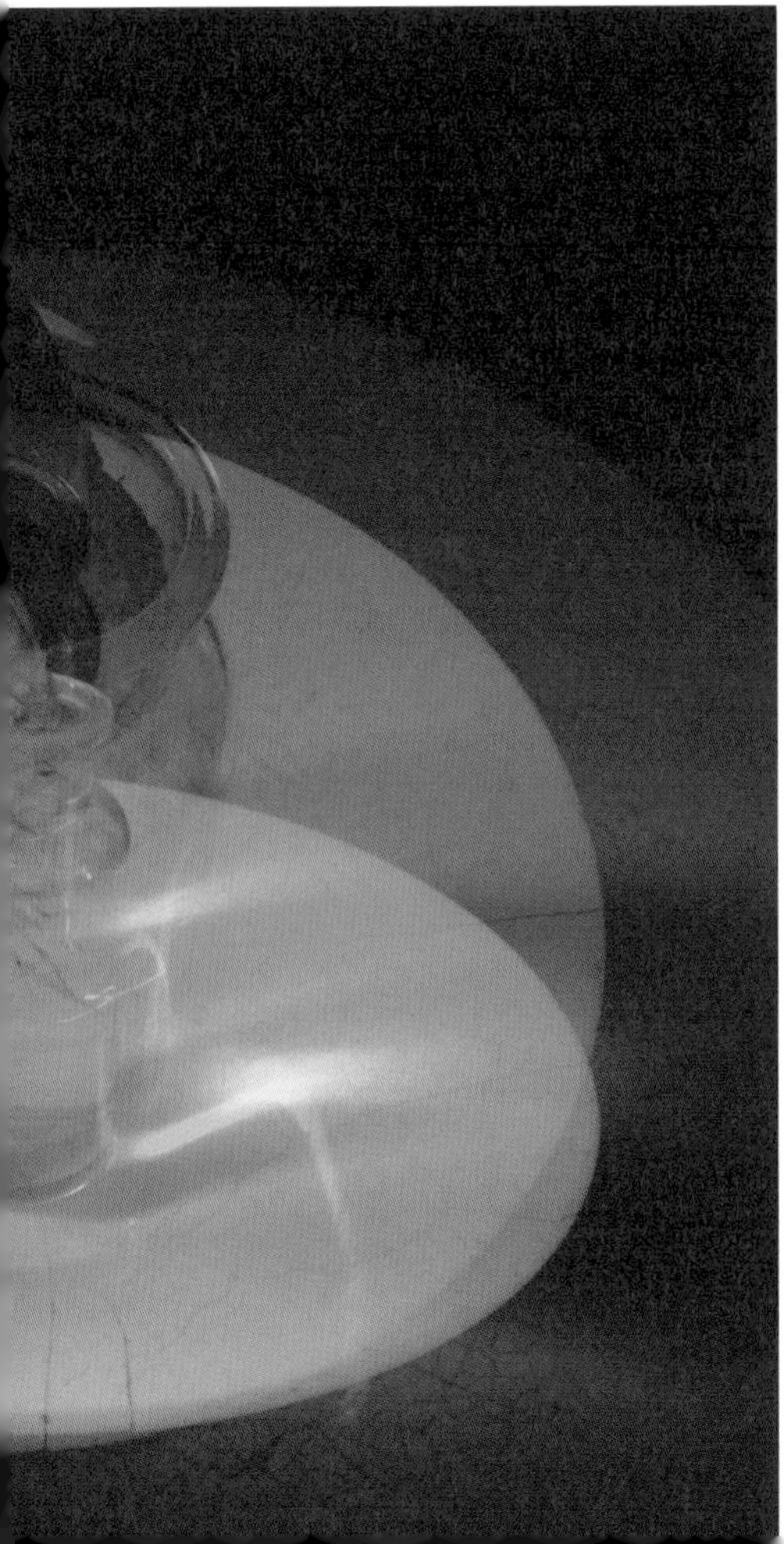

変質する手前の悲歌
逃げだせない球根が透けて見え
消え去るごとく
うすまりつつ
豊穣が歪んでいく
言い訳など通用しない
かろうじて
花の意志
白さの強度を
守っていて

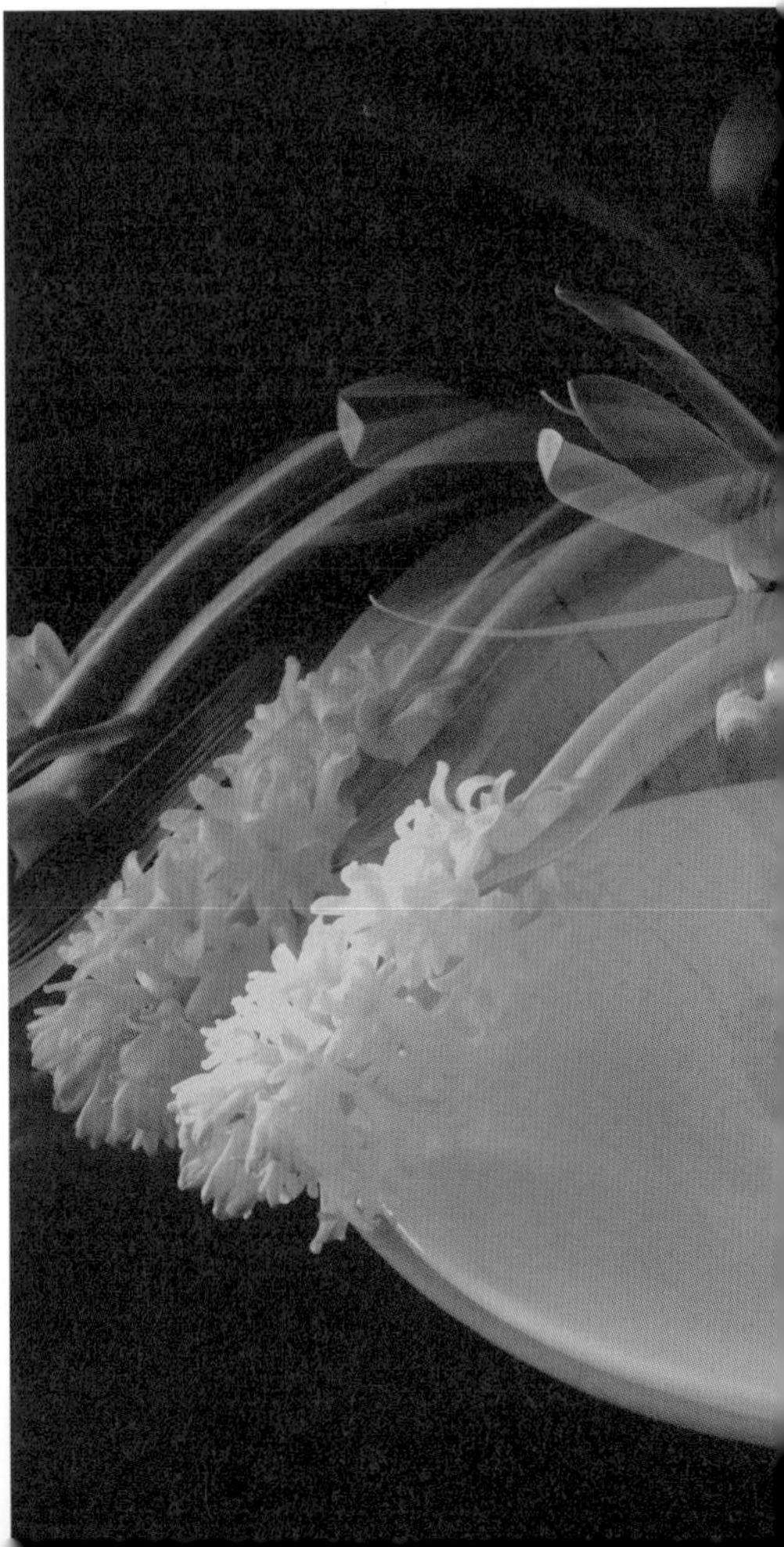

ささやかな火の香り

花頭から
生きるのだ
どこかに仕舞われている
あかい火のひしめき
触れないでほしい
単独であることの
この快感の森を
明かしたくはないのだから
血の凪を抱えこむほど
増していくもの
開きつづけるもの
気まぐれに秘めやかに
流れだすひかりにのって
ときに放蕩は赦される
襞をかさねるための愚行を

通行人は片目でながめ
すこやかな朝をはずれて
置き去りにされた日だまり
やがてかわく
夢の雨粒

まぶしく変質していくものへ

かすかに
ひびく
花のため息
あてどなく落ち着いて
横たわったあなたの想いはどのように滲んでいく
ただただしずかな解消の砂丘を放ち
そこに惹かれて転がるものを
受け入れて

愛撫する
やわらかな脈の遊星
雛を育てるようなのだ
緯度もなく経度もなく
重力もないうすい区域で
なおもひたすら探っていって
無垢であることが
最良となる

降りつづく
雨に惹かれて
その音に耳を澄ませば
遠いところの木霊の響きが地下に花を咲かせている
滲んでいった涙や汗やその他のものを歳月が濾していき
剝製の炎のように乾いていく気丈な植物
在るだけで鏡となり
こちらの脈を計っていて
見つめられるから見つめかえし
感じられることを感じたわけもなく
かならず欠ける往還だから
永続的な問いの深さを

めぐるだけの言葉である
夜のおもたい襞に触れ
触れた書物のページをめくり
余白から立ちのぼる冷気か暖気
気まぐれは赦されるだろうか
扉はいつも開いていて
けれど啼かない鳥のごとく
支えきれない光沢の軋み
果ての光が
種子を
ばら撒く

明るいところと
暗いところ
ひとつの花もそのように分断されて錯綜する
ことばはつねにあやうくあるので
意味や情報その他の動静
不安定になるのだった
捩れながら伸びていく葉の
先の不穏を感じつつ
だからこそ紅もみどりも黄みどりも
語りえない領域へと戻っていく気配がある
寡黙であって寡黙ではない
そんな秘めやかな佇みの麗しさ

あこがれの装置として
抵抗やら批判やら
内包しているのだから
耳を澄まして楽曲を聴く
そうした仕草を求めている
陰と陽は混在して
けれども清潔な空の方へと向かうよう
どうしても夢を追い
それだけは碑のごとく
細い茎が
守っていく

上へ上へ
揺らぎが伸び
天上への道のりが
頼りなくあらわれて
個のなまなましい屈曲の位置
自らかたどるこれらの霞を留まる水が支えている
透明であることがやけにうるわしい輝きを放っていて
中心で花ひらく儚い色の希求のかたち
いずれ枯れゆく
甘美なもの
そのことだけは分かっていて

重なりあって逸れあって

たとえばあわい色の多層な声から
かさなりあう戯画と悲喜劇
感じ取っているのだった
合わない鍵を握りしめ
部分と部分を損ないつつ
触れているつもりで浮遊している
そんな脅威があったとして
小さな過去が根底にあったとして
定かではない道の混乱
それもまた肯われ
ここでは柔和に
造形される

収穫はされていて
たしかな果実の甘さと強さ
見えないように囲いこむ
薄明のゆがみがあり
根も根ではないような
具体も錯綜すれば
混沌的な抽象
そのような湧きたちが崖を変質させていく

どこか危なげな気配から
ひかりのきらめきの紋様を
感じることが
一縷の望み
ずっと育ててきたのだった
悲惨でも大切な香りの花
その後の祈りの
結晶を

そのようなものとして頭上に言葉があり
ただ引き寄せていく茫洋とした量感の
植物的な息のあたり
捕えながら捕えていない
そのための脈動だから
全体はゆるくぶれ
瞬時の丘を上って下りる
手なずけた野はなくて
頁と器のこの白さ
湖面の門
揺らいでいる

花の棲み家の揺動の

根はほそく
ゆるやかに伸びていって
型をもとめて充満する
留保ではなく確かな棲み家
それはひとつの星のきらめき
亀裂があっても光源だから
替えられるものでもなく去ることもできない
悪を蒙る地が悪の地であるかのような
まなざしのにごりがあり
背ける眼があり
したたかな骨の音

きしきしと響いていて
ひどくゆるく浮き上がるこれら冷えた石の重みから
色づいた花びらは力なく頸をたらし
杭の錆びと紐のちぎれ
逃亡の雲に覆われ
けれど止まりの構図
闇のなかでも星のきらめき
消さないことで
彩度を保つ

底にやさしく触れる花

近く
とおく
浮かびあがる
やわらかな囁きの
文字のもとの襞のかさなり
どうしてかとても優しく
こちらのほうへ揺らめいて
つつまれる触感
さやさやと

草になり
微風をあびて
罅を
なおし
両手が一瞬だけ潤って
あれは水の花
押しつけのない
情愛の
きらめき

ゆるやかな寝床として

みどりの機微のおだやかな色彩を
まとう花弁のしろい落ち着き
さざ波のように揺れる
日々の紋様から
沈黙と
ひかり
混じりあい
うごめきあう
そうしてやすらぐ
奇跡的なひとときの交情の巣

花のあらわな端境期

屹立している
乾いた胸に
気まぐれな風のごとく
私の指が触れていく
この瞬間だけの連帯といえるもの
束ねられた雲の白さでしなやかにのびきって
おおらかで的確な切り口が立ちのぼる端境期
とうとうと水はながれて空気はめぐり
そんな強さがうらやましい
慰藉と虚無と光と影とを

紙の重さに科していて
あるいはあなたの指先が
つくりだす地平線の
見分けがたい
砂の意志
多様な
面が細くあらわれ
すでに匿名の枝
氷結と解凍の
答えのない円弧となる

静謐な夜の憧憬

たおやかに
耳をかたむけ
受け入れる空隙の
その網目がやさしくあって
芥すら骨の道筋だということを
なぜかしら教えてくれる
いっそう白く定められ
夜にかがやく蘂
やわらかな触手に冴え
華やぐことの
機知があり

描ききれない溺者の譜

乾いた実
漂流する文字の骨が落ちてくる
ひとつひとつ数えられない
おぞましいもの
艶やかなもの
無数の眼のきわ
諦めのような修辞のような
ときに至福の水を求めて
ことごとくの口を開け
窓の外があんなにも明るいこと
室内からあこがれる
指先から足先まで緩やかにつながる微風を
名づけたくても名づけられずに

やはり紅の花は咲き
火の月の静けさで
少しずつ腐っていく
話すことなどないかもしれない
つねに波は引いては寄せ
遠近の見えない混濁
あまくあじわい
後は散っていくだけの
花弁なのだから
蛇のめまいのよう
ここにいて
石になる

浮きあがる
あわい花びら
語りかけ過ぎっていく
その息のかすかな告白に
そっと触れ
岸辺が見える
なめらかな情動の
ほんの少しの夢の色を
感じられればこころがやすらぎ
ひとときひとつでないことの
水の連環はながれる

つつましい楽園の
満ち引きが
くりかえされ
熟さない薬のままで
めまぐるしく
帰路につき
ただ一点の星
花は香って
朝を
迎えて

差しだされた
夢の渇きが
かさなってかさなって
秘められた海のとおい波音のもとへ
たわめられ横たわり花びらから離れていく
まばゆい白の手記に関わる懊悩そして脈
衰弱してしまうものなのかもしれない
張りつめた糸は切れる
もう詳細は語らない
記憶だけ
前進し

うすい吐息の量感を

だから
薄墨色の
ささやかな混濁に
細いいくつもの亀裂
衣服のようにまとっている
慣れあいの重たさが時空をくぎり
従順でもなく反発でもなく好悪でもなく
のしかかるものに囲われる夜の花のあえぎ

なまなましく華々しく
地平線はごく近く
半開きの扉から
溢れだす
生気の欠片
逃亡の
証として
後景に紛れていく

見えないものがある
いっさいの追想を
遠ざけた
鋲の沸き立ち
あるいは虹があえて枯れ
枯れゆくことの希望のうごめき
孤の芯が語っている
外傷へと
耳を澄ませば

聞こえない内部の灰
湛えられた生のきざし
触れたくなければ触れなければいい
いや触れないでほしいとおもう
熱は熱へ
視覚は視覚へ
ただ親密な楽園の
地図のもとに
投身する

もしくは花頸の没し方

水脈は途絶えていず
けれども残された頸から上
あざやかな溜息を開いたごとく
霧の狂気がなまなましい
かたいものとやわらかいものの
目新しい出会いのなかで
理解なく差異を育て
咲いてゆく花片のきわは
かたむく方位を惑うばかりの
曖昧な昨日と今日
没するだけの嘴である

透きとおって閉じこめられて

盛られたものが
零れていく
透明な器のなかで
自由と不自由
神経が捩れている
花開くことを夢みる蕾たちの喘ぎ
行方を阻まれた飛べない小鳥の
うすみどりの失墜に
ゆだねることの
怖さを感じて
だがその儚さゆえ

魅惑するあでやかな呼気
閉じこめられた森のような
逍遥する微熱のような
この佇み
かすかな脈動が
あふれでる
この位置
どこに向かうこともなく
振動する密度の
昏睡の形
だから

しなやかな緯度の磁力

うしろから
波の音が
聞こえてくる
静謐なその航行へ
希いがとどけば
枝はのびる
すでに影を持たないものの
瞳のような細いしなりを
純愛の形骸として
葬ることはできないから

束ねれば冷たい熱
発してみせる岬があり
絡まる腕を拒みつつ
逃亡は許されない
交信の制度にまみれ
汚辱の手がうめいていて
けれどしめやかな祈り
それだけに
すがる夜

白い露出の闇

流れることのしなやかさとしたたかさ
宙に浮くほど自由は増して
雲間の幽閉または点滅
書きつけた言葉の影は明日には消え
杭のように白くおもたい花に刺される
たしかさの方に揺れる肉体的な感触の機微により
この葛藤はひどくささいな点景の灰だろう
吹きとばされて景色にいたらず
重複し大きくなる馴致の器
文字は文字の相貌でけれど全てあわいもの
黒い闇がつよくなる

闇の中で花開くもの

どうしても囲まれる
そのような黒いものから
かたくつややかな土台をたずさえ
ひたすら逃れる花のまばゆさ
猥雑なもくろみににじむ淫靡な熱をはらいつつ
内に湛えて反芻する
砂の味と砂の渇き
前と後ろの不穏な空気を
肩先の白
さえぎって
ひかっている

淡くて白い輝度の季節を

うしろのほう
雪虫はかたまって
寓話のよう
訪れるものの気配だけはたしかにあって
夜更けのなかの明るみが蛇行しつつ
晴れやかに葉は広がるから
浸潤し
侵入する

乾いた花びらさえ
具体に触れればとてもやわらか
不毛なことはひとつもなくて
しずかな眠りの相関図
風のない室内で
冬をむかえる
ほそい声

腐乱の域のなやましい葉を

月日のかたまり
濃いみどりが主張してくる
頭上のおもたい霞が滞って修辞となり
いくつものつたない武装が断層を作っていて
緩慢なうねりから
わずかな音の暗示へと
導かれるものに抗わないだけなのかもしれない

降りかからない雨であれば濡れることもなく
危険を排して生きつづける
そんな残骸の力強さ
覚醒などしなくていい
真夜中の昼の
主語のない
圏域

長くゆるやかな茎にからまり
そのような半睡のまなざしがあったとして
たどりつくことのない岸辺の不均衡な重力さえ
育成のおだやかな聖地のよろこび
きっと味わうことができる
あわい色とうすい襞を
かさねればかさねるほど
まるで剝製の夢
なぜかしら雫のごとく

置かれたものの春の凪

そうして
無垢のあたり
しずかに背われる空隙に寄りそいつつ
もたれあわない硝子と花のきらめきだけは同調する
春の色のおだやかな恩寵は平静さのうるわしい波動のように
在ることは在ることでいっさいをゆるされて
そんな情感が注がれる日

まえもうしろもない
定置のいとなみ
みどりが躍る
ひとときの憧憬として
開かれすぎた器ほど
欠落を
消していく

めぐってめぐって
羽化のよう
褪色する花片が
こまやかにうごめくよう
ごく小さな震えが聴覚にとどくとき
おぼろげな回想の投影
またはあえかな夢のきらめき
入り混じってたどっていく
そのように穂は囚人の白をえがき
すべてをなくし
未踏の地を呼びもどす
たとえば葉の突端は刃の秋をあらわして
色づくものと色が去るもののとおい違いに

落着と虚無の位相
逃げ場の湿度に
蒔かれている
いまだ参加している
輪の機微のあたり
痩せた脈が響いていて
どうしても喧騒に足される語の
裏の茎と葉
惑うほど
たわいなく
頑健な
土台となる

しなやかな明度の位置

すずやかな蒼の瞳が
円の起伏をやわらげて
白い色がより白く
輝きの河口をかたどるその日中の
花と蕾とゆるやかな茎のみどり
簡潔でもなく完全でもなく譲渡でもなく

めぐらされた気流のようなもの
ただそれだけが好ましく
無言であっても
親密な陽
ひととき憩うこともある

わずかに剝がれる逸話のように

ひらかれた
白い器の
ときおり揺らぐ胸骨から
かさなりあう密度のさざなみ
和解ではなく了解のみをおだやかに認証し
すこしだけ明るい音色がひびいている
うすい肌色のうすい花びら
複数の襞のなかで

誰がわかってくれよう
蕾から曝される
その無残な湿度
風が吹いて
水はながれて
漂流する小舟の形で
来歴を消していく

言葉がこぼれる
あの先の
不穏な安定
あるいは中心
構図はつねに定められ
奇異なものが奇異でなく
落ち着いて息をする
これまでもそうであり
これからもそうすることを
かたい果皮が語っていて
うるおうことはないのだろうか
位置は位置
単純な

窓があり
白くあわく
霧が見えても
直面することのない外界のなかにいて
連想からつむぎだされる切り口はすでに枯れ
動けない静物である
とどめた時間の
悲惨と愉楽
それすらも
通り過ぎ
するすると
無のような殻になる

稜線、逸れていく花頭の

隣りあう
ふたつの眼差し
もうひとつの花頭の
葉の繁茂を見つめている
近くのような遠くのような
連なりがあったとして
おなじ扉をおなじ時刻に開けたとして
切り取られた空間のあまりの差異に
輝かしい夏は消える
崖の角度の違いのなかで
狂いが生じるみどりの濃淡

錯視と錯誤が錯覚へと
あまやかに膨らんで
足許などなかった
それくらい不足している
満たないものを満たそうと
回想も悔恨も組み替えられて変貌し
固有の編み目を楽しんで
どことなくみずみずしく
守られる異形の聖地
整えられた壁は狭まり
去っていく種子
その芽生え

鳥のような花と葉と

飛べない鳥の
大きな翼
頸に巻きつき
異種を結ぶ
定めのよう飾りのよう遊びのよう
やわらかな飛行の形で土の色の網をさぐり
宙のなかで手応えのある光景
幼児のごとく求めている
幾度となく句点の表記
示していってなおもつづく
はじまりの根はからまり
捨ててしまったはずだった

ひらひらと戻ってくる
すがすがしい花びらならいい
けれどもどこか重たいもの
そうした影が貼りついて
大きく小さく
少しの火花
抗いながら顔をあげ
葉脈だけはきわやかに
みどりの紙面を招きいれ
この空隙
ときとして
安らぐ

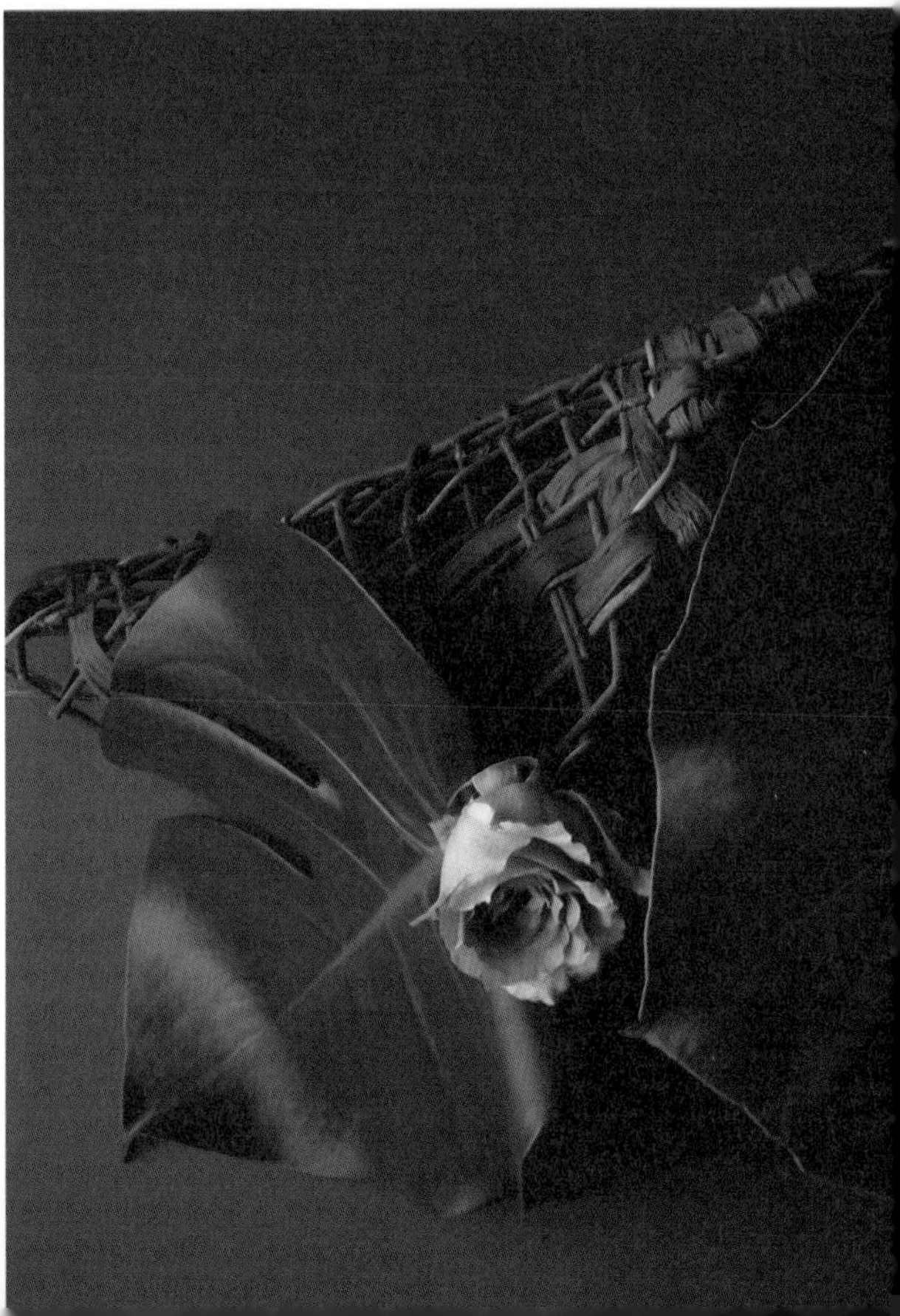

どことなく
纏められ
こうして立つ
それぞれの花の紅
血の色はおなじであっても方位の差異で絡まりあい
広げていく空間に素手と素足が透けている
大人しいものと遊んでいるもの
悲しんでいるものと探っているもの
すでに反応体として
答えていって
問いかける
夜のようで夜ではなくて
紙面はいつも不定であって
小さな花火がたくさん上がる

そんな夢を思ってみる
底のほうの養分に通路を見いだし
吸湿のきびしい腕を
つかもうとしても怠惰の根
眠りのごとく巻きついて
波をえがく灰の器
本当はとてもやわらか
どこに行ってもいいという
放擲でも放蕩でも
解放の弦の響き
関節を外していって
つねに開花を待つ
かたい蕾の
先の先

そして
切り落とされたのは
花なのか茎なのか
求めることで
剝いでいくもの
譲渡をこばみ
あらたな孤独に
白い影をかさねていく
貧しさも豊かさも
偏執的な確かさへと
うごめきだすきわときわが

あてない明度を招いていって
襞と襞
なお
異物の襞と襞
素朴ではないまろやかな
層が官能を進ませる
どこかで身体が
閉じて開いて
羽を象り
ひるがえる

重奏のあやうい主語を

ここは
温かいのかもしれない
やわらかな掌の手前
予感のような
半陰影の
さやめきが襲ってきて
蕾は抱かれているのだろうか
あでやかな輝度を湛えた何か茫洋としたもの
もしくは広がっていく薄い血の果てのあたりを
感じても感じなくても
内と外

重なりあう
咲きはじめる
花の赤
散りはじめる葉の赤が
熱のなかでは同値になり
時空が揺れて
藻が消え
蛇行こそ快楽
見開かない眼が
火照りとなる

それほどの悲惨もなく
微細なことの積みかさねに
すでに捩れてしまったものの輪の
少しだけ重苦しい迷宮から発せられる痛みのない痛みの声
枯れる前からもたげる花頸はある種の諦念をあらわして
支えるはずの茎のゆがみは追放の証し
位置は変わらず底を深めて
取りもどす回路もなく
そんな矛盾のたたずみが
墓標のように
あてどなく

そのように
青くやわらかな
花の襞のふるえを止め
春のはじめの微笑の丘から
あらたな水の流れを聞く
なくしたものが息づく兆しに
たとえば擬態の悲愴がかくされ
懊悩のなまなましい緯度と経度が

入り混じる砂の影
交響できれば
それでいい
明も暗も
やがて壊れて
紫の茎の声から
すり抜ける
蜜の謎

不意の
火の面積を
さらけだす行間から
交わる翼の銀の寝床に
少しだけ
風が吹いて
よそよそしいものと激しいもの
かさなりあって立ちあがる
断崖はいつもすぐそこ
ひとときの対峙の機微を

採集し徴集して
あれはすみずみまで過敏な花の未知
枯れゆく具象を強めてゆく
転倒などない世界で
感じることを
感じてゆき
点滅する
明日
甲羅はほどよく
やわらかく

そこに共感できるもの
ほそい触手を伸ばしていって
闇にいてさえつかめる髄を
幻想だとわかっていても
ひとときの安らぎに浸ってみることもある
透明な火の器の
陽の輝きの
濃い花の
部分的な読解に寄りそいつつ
夜も悪くない
そう思える予後である

おそらくは消えていく
そんな予感の全身に
沼の機微のいぶかしさ
抜け出そうともがくのだ
おなじ場所での多大なずれから
虚偽と虚栄と虚構の明日に根のない茎は揺れている
飲みこまれているのだろうか
かたい甲羅のあの渇き
大きく鈍く刹那を顕示できるもの
稚戯のような素手にからまり
どのようにかたたずんで

こめかみから
沈潜する
不安な指紋の先の先
残るものなどないのだから
しばらくはけたたましい注釈をくりかえし
文字の制度を見つめている
その奥
その奥のもっと奥

さわさわとゆれる鬟を
息づきの微風として
ひたすら入りこんでみる
月明かりのような火柱まで
私は産出のための浮遊の日をもてあそび
あやうい関節の密度
たぶんこぼれて
影が落ちる

誘われているよう
やさしい繁み
ささやき
その他
開きつつあつまる
葉のすべらかな肉感の
夢の水路の一端から流れでるものを乞い
ひそやかに入りこんだ香りの森で
私はなにをなしたのだろう
あてどない手の高揚すら

月に飲まれて
無為の糧
零となる日を
差しだすことの
それは晴れやかな
異端の白い芯である
配されて
配していて
日だまりの温みにまみれる

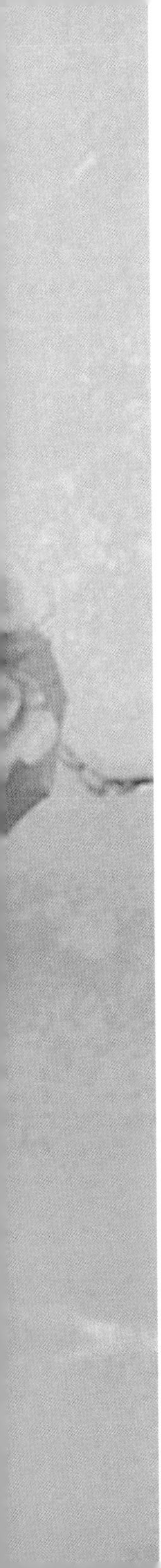

束ねられた息の開花

そうして
束ねられる暖気となり
消息を明かす蘂をさらす
それぞれの側面を
それぞれの息として
いくつもの手を伸ばし
花びらのかさなりの輪の果ての罅の熟れ
崩壊の予感はすでにあなたの耳許でささやくから
共有したであろう砂と灰と墓標の影と
読まれるためにある言葉
浮遊者の花として

いつも
追いつけない
そのような浮遊の日々に
上もなく下もなく右もなく左もなく
赤い明るみが心地よく香ってくるから
中空の見えない陥没
なにごとかを断絶させて
さすらっているだけの花頭の

青い変色がうすくほのめき
突出する部位が空想のように愛おしい
やがて無防備な脈はくすんで
花は花に囲いこまれ
潰される一輪の花として
漂って溺れていく
いつかの夢の
誤謬のもと

あたたかな日差しがあったのかもしれなかった
すむずみまで行き渡ったしるべのように
覆われたぬくもりの系譜をまとい
生け捕られたまなざしの向こう
あそこはたしかに明るくて
私をあかく染めていく
晴れやかな熱を帯び
侵略も侵犯も脳髄へと
とても親しく入ってきて
眩いばかりのときをすごし
庭をはぐれた生体の
狂おしい健全性をあなたに渡し

指が枯れる
蘂がふるえる
来場者の来ないところ
これほどまでの自由だから
渇きの悦びにひたりつつ
いずれ熟して始点を忘れて
とりとめのない遍歴をあかし
さわさわとさわさわと
白昼夢の不明だろう
なおももとめる
陽の実践

あるいは危機のかすかな予知

花弁の先はすでにしおれて
決定できない無風のきわ
覆われる
ながされる
そのふくよかで大きなものに
包まれる不安と焦慮と位置の不穏と
対峙してはいないのかもしれない
踊り手の旋律だけが炎を求めてひびいていて
あれは禁忌の小石
どこか逃避の
闇がある

そうして
少しだけ冷静に
絡まりあう
枝と枝の
たおやかな距離感を
和解と呼んでいいのだろうか
途上の実のあえかな輝き
読み違える
羽であっても
知らないことはそのままに
伸びていく時間がある

だからこそ白い襞の
やわらかな泉の域
後景に従えて
抱懐のない
いざない
通過するもの
盗むもの
残酷になっていくもの
見誤って
見すごして

消息のない藻の吐息

花びらがどことなく乾いていて
寄りそうことで見えるものの
うすい擦り傷がやけにいとしい
波は単純ではなく
さざめきに
翻弄され
成熟はこのあたりで
両の掌を広げつつこちらを感得しているのかもしれない
あれは息と息と吐息となにか
しめやかにしたたかに
浸潤する色がある

くらい日だまり
その濃い影を
永遠に
受けとめる
季節外れの針のように
奥へ奥へと接近して
きっと傷つくことになる
あなたの分身それから亡骸

かさねてたたんで開いていって
こんなにも涙のない
哀しみもあったのだ
望むべくは
未生の花
あでやかな
紙片のひとひら
奇形の色をちぎっていく

鯙の入った
器の上で
萎れていく言葉がある
のどかにしずかに
吐息がうすまり
葉の行路だけはつねにあざやか
対峙のときをむかえている
高揚の短さと悲歌の長さとを
誰が比べていただろうか

白い土台はとても残酷
後退を映しだしては保留する広義があって
完全に消え去るまで
検閲につぐ検閲
審判につぐ審判
花は
末期を
曝しつづける

花章—ディヴェルティメント　目次

写真　森美千代
装幀　中島浩

花章《かしょう》——ディヴェルティメント

著　者　松尾真由美《まつおまゆみ》

発行者　小田久郎

発行所　株式会社思潮社

〒一六二－〇八四二東京都新宿区市谷砂土原町三－十五

電話〇三－三二六七－八一五三（営業）・八一四一（編集）

ＦＡＸ〇三－三二六七－八一四二

印　刷　三報社印刷株式会社

製　本　小高製本工業株式会社

発行日　二〇一七年二月二十日